La memoria

267

Antonio Tabucchi

Sogni di sogni

Sellerio editore
Palermo

1992 © *Sellerio editore via Siracusa 50 Palermo*

1999 *Decima edizione*

Sogni di sogni / Antonio Tabucchi. - 10. ed. - Palermo:
Sellerio, 1999
86 p.; 17 cm. - (La memoria; 267)
I. TABUCCHI, Antonio
CDD 853.914

(a cura di S. & T. - Torino)

Sogni di sogni

a mia figlia Teresa,
che mi ha regalato
il quaderno
dove è nato questo libro

Sotto il mandorlo della tua donna, quando la prima luna d'agosto sorge dietro la casa, potrai sognare, se gli dèi sorridono, i sogni di un altro.

Antica canzone cinese

Nota

Mi ha spesso assalito il desiderio di conoscere i sogni degli artisti che ho amato. Purtroppo quelli di cui parlo in questo libro non ci hanno lasciato i percorsi notturni del loro spirito. La tentazione di rimediare in qualche modo è grande, chiamando la letteratura a supplire a ciò che è andato perduto. Eppure mi accorgo che queste narrazioni vicarie, che un nostalgico di sogni ignoti ha tentato di immaginare, sono solo povere supposizioni, pallide illusioni, implausibili protesi. Che come tali vengano lette, e che le anime dei miei personaggi, che ora stanno sognando dall'Altra Parte, siano indulgenti con il loro povero postero.

A. T.

Sogno di Dedalo, architetto e aviatore

Una notte di migliaia di anni fa, in un tempo che non è possibile calcolare con esattezza, Dedalo, architetto e aviatore, fece un sogno.

Sognò che si trovava nelle viscere di un palazzo immenso, e stava percorrendo un corridoio. Il corridoio sbucava in un altro corridoio e Dedalo, stanco e confuso, lo percorreva appoggiandosi alle pareti. Quando ebbe percorso il corridoio sbucò in una piccola sala ottagonale, da cui si dipartivano otto corridoi. Dedalo cominciò a sentire un grande affanno, e un desiderio di aria pura. Infilò un corridoio, ma esso finiva contro una parete. Ne infilò un altro, ma anch'esso finiva contro una parete. Per sette volte Dedalo tentò finché, all'ottavo tentativo, infilò un corridoio lunghissimo che dopo una serie di curve e di angoli sbucò in un altro corridoio. Dedalo allora si sedette su uno scalino di marmo e si mise a riflettere. Sulle pareti del corridoio c'erano torce accese che illuminavano affreschi azzurri di uccelli e di fiori.

Solo io posso sapere come uscire di qui, si disse Dedalo, e non lo ricordo. Si tolse i sandali e cominciò a camminare scalzo sul pavimento di marmo verde.

Per consolarsi si mise a cantare una nenia antica che aveva imparato da una vecchia serva che lo aveva cullato nell'infanzia. Le arcate del lungo corridoio gli restituivano la sua voce ripetuta dieci volte.

Solo io posso sapere come uscire di qui, si disse Dedalo, e non lo ricordo.

In quel momento sbucò in un'ampia sala rotonda, affrescata con paesaggi assurdi. Quella sala la ricordava, ma non ricordava perché la ricordava. C'erano dei sedili foderati di stoffe lussuose e, in mezzo alla stanza, un ampio letto. Sul bordo del letto era seduto un uomo snello, dalle agili e giovanili fattezze. E quell'uomo aveva una testa di toro. Teneva la testa fra le mani, e singhiozzava. Dedalo gli si avvicinò e gli posò una mano sulla spalla. Perché piangi?, gli chiese. L'uomo liberò la testa dalle mani e lo fissò con i suoi occhi di bestia. Piango perché sono innamorato della luna, disse, l'ho vista una volta sola, quando ero bambino e mi affacciai a una finestra, ma non posso raggiungerla perché sono imprigionato in questo palazzo. Mi contenterei solo di stendermi su un prato, durante la notte, e di farmi baciare dai suoi raggi, ma sono imprigionato in questo palazzo, è dalla mia infanzia che sono imprigionato in questo palazzo. E ricominciò a piangere.

E allora Dedalo sentì un grande struggimento, e il cuore gli batteva forte in petto. Io ti aiuterò a uscire di qui, disse.

L'uomo-bestia sollevò di nuovo la testa e lo fissò con i suoi occhi bovini. In questa stanza ci sono due porte, disse, e a guardia di ciascuna porta ci sono due guardiani. Una porta conduce alla libertà e una porta conduce alla morte. Uno dei guardiani dice solo la verità, e l'altro dice solo la menzogna. Ma io non so quale è il guardiano che dice il vero e quale il guardiano che mentisce, né quale è la porta della libertà e quale la porta della morte.

Seguimi, disse Dedalo, vieni con me.

Si avvicinò a uno dei guardiani e gli chiese: quale è la porta che secondo il tuo collega conduce alla libertà? E poi cambiò porta. Infatti, se avesse interpellato il guardiano menzognero, costui, cambiando l'indicazione vera del collega, gli avrebbe indicato la porta del patibolo; se, invece, avesse interpellato il guardiano veritiero, costui, dandogli senza modificarla l'indicazione falsa del collega gli avrebbe indicato la porta della morte.

Varcarono quella porta e percorsero di nuovo un lungo corridoio. Il corridoio era in salita e sboccava in un giardino pensile dal quale si dominavano le luci di una città ignota.

Ora Dedalo ricordava, e era felice di ricordare. Sotto i cespugli aveva nascoste penne e cera. Lo aveva fatto per sé, per fuggire da quel palazzo. Con quelle penne e con quella cera costruì abilmente un paio di ali e le applicò alle spalle dell'uomo-bestia. Poi lo condusse sul bilico del giardino pensile e gli parlò.

La notte è lunga, disse, la luna mostra la sua faccia e ti aspetta, puoi volare fino a lei.

L'uomo-bestia si girò e lo guardò con i suoi occhi miti di bestia. Grazie, disse.

Vai, disse Dedalo, e gli dette una spinta. Guardò l'uomo-bestia che si allontanava con ampie bracciate nella notte, e volava verso la luna. E volava, volava.

Sogno di Publio Ovidio Nasone,
poeta e cortigiano

A Tomi, sul Mar Nero, una notte del 16 gennaio dopo Cristo, una notte di gelo e di bufera, Publio Ovidio Nasone, poeta e cortigiano, sognò che era diventato un poeta amato dall'imperatore. E in quanto tale, per miracolo degli dèi, si era trasformato in una grande farfalla.

Era un'enorme farfalla, grande quanto un uomo, dalle maestose ali gialle e azzurre. E i suoi occhi, smisurati occhi sferici da farfalla, abbracciavano tutto l'orizzonte.

Lo avevano issato su un cocchio d'oro, allestito appositamente per lui, e tre coppie di cavalli bianchi lo stavano portando a Roma. Lui cercava di tenersi in piedi, ma le sue esili zampe non riuscivano a reggere il peso delle ali, così che era obbligato ogni tanto a reclinarsi sui cuscini, con le zampe che sgambettavano in aria. Alle zampe portava monili e braccialetti orientali che mostrava con soddisfazione alla folla plaudente.

Quando arrivarono alle porte di Roma, Ovidio si tirò su dai guanciali e con grande sforzo, aiutandosi con le zampe svettanti, si circondò il capo di una corona d'alloro.

La folla era in visibilio e molti si prosternavano perché lo credevano una divinità dell'Asia. Allora Ovidio volle avvertirli che era Ovidio, e cominciò a parlare. Ma dalla sua bocca uscì uno strano sibilo, un fischio acutissimo e insopportabile che obbligò la folla a mettersi le mani sugli orecchi.

Non sentite il mio canto?, gridava Ovidio, questo è il canto del poeta Ovidio, colui che ha insegnato l'arte di amare, che ha parlato di cortigiane e di belletti, di miracoli e di metamorfosi!

Ma la sua voce era un fischio indistinto, e la folla si scostava davanti ai cavalli. Finalmente arrivarono al palazzo imperiale e Ovidio, reggendosi goffamente sulle zampe, salì la gradinata che lo portava dal Cesare.

L'imperatore lo aspettava seduto sul suo trono e beveva un boccale di vino. Sentiamo cosa hai composto per me, disse il Cesare.

Ovidio aveva composto un poemetto di agili versi leziosi e lepidi che avrebbero rallegrato il Cesare. Ma come dirli?, pensò, se la sua voce era solo un sibilo di insetto? E allora pensò di comunicare i suoi versi al Cesare facendo dei gesti, e cominciò ad agitare mollemente le sue maestose ali colorate in un balletto meraviglioso ed esotico. Le tende del palazzo si agitarono, un vento fastidioso spazzò le stanze e il Cesare, con irritazione, scagliò il boccale sul pavimento. Il Cesare era un uomo burbero, che amava la frugalità e la virilità. Non poteva sopportare che quell'insetto indecente eseguisse davanti a lui quel femmineo balletto. Batté le mani e i pretoriani accorsero.

Soldati, disse il Cesare, tagliategli le ali. I pretoriani sguainarono il gladio e con perizia, come se potassero un albero, tagliarono le ali di Ovidio. Le ali caddero a terra come se fossero molli piume e Ovidio capì che la sua vita finiva in quel momento. Mosso da una forza che sentiva essere il suo destino, fece dietro-front e ondeggiando sulle sue atroci zampe ritornò sulla terrazza del palazzo. Sotto di lui c'era una folla inferocita che reclamava le sue spoglie, una folla avida che lo aspettava con le mani furiose.

E allora Ovidio, ballonzolante, scese le scale del palazzo.

Sogno di Lucio Apuleio, scrittore e mago

In una notte di ottobre del 165 dopo Cristo, nella città di Cartagine, Lucio Apuleio, scrittore e mago, fece un sogno. Sognò di trovarsi in una cittadina della Numidia, era la sera di una torrida estate africana, lui passeggiava vicino alla porta principale della città quando fu attirato da risa e da schiamazzi. Attraversò la porta e vide che vicino alle rosse mura d'argilla c'era un gruppo di saltimbanchi che davano spettacolo. Un acrobata seminudo, col corpo tinto di biacca, si dimenava in bilico su una corda fingendo di essere sul punto di cadere. La folla rideva e temeva, e i cani abbaiavano. Poi l'acrobata perse l'equilibrio, ma si afferrò con una mano alla corda restando appeso. La folla ruppe in un grido di spavento e poi applaudì contenta. I saltimbanchi girarono un argano che teneva tesa la corda e l'acrobata si calò a terra facendo mille smorfie. Un pifferaio avanzò nel cerchio di terra battuta illuminata dai bagliori dei fuochi e cominciò a suonare una musica orientaleggiante. E allora da un carrozzone uscì una donna dai seni abbondanti, coperta di veli, che teneva in mano una frusta. La donna avanzò frustando l'aria e si avvolse il corpo con lo scudiscio. Era una donna dalla capigliatura mora e dalle occhiaie profonde, e il belletto del viso, a causa del sudore, le colava lungo le guance.

Apuleio avrebbe voluto andarsene, ma una forza misteriosa lo obbligava a restare, a tenere gli occhi fissi su quella femmina. I tamburi cominciarono a suonare, prima lentamente e poi con frenesia, e a quel punto, da sotto il telone dove stavano le bestie, uscirono quattro maestosi cavalli bianchi e un povero asino stanco. La danzatrice fece schioccare la frusta e i cavalli si impennarono dando inizio a un veloce carosello. L'asino si adagiò da una parte, vicino alle gabbie delle scimmie, e con la coda prese lentamente a scacciarsi le mosche. La danzatrice fece schioccare nuovamente la frusta e i cavalli si fermarono e si inginocchiarono emettendo lunghi nitriti. Allora la donna, con un'insospettata agilità per la sua corpulenza, spiccò un balzo e tenendo un piede su un cavallo e un piede sull'altro, cominciò a cavalcare due bestie tenendosi ritta con le gambe divaricate sulle loro groppe. E cavalcando agitava oscenamente il manico della frusta davanti al ventre, mentre la folla mormorava per il divertimento. Allora i tamburi smisero di suonare e l'asino stanco, come se obbedisse a un ordine invisibile, si girò sulla schiena, con le zampe all'aria, ed esibì al pubblico il suo fallo eretto. La donna, girando in tondo, gridava che al proseguimento dello spettacolo potevano restare solo quelli che avrebbero pagato monete suonanti, e due saltimbanchi vestiti da guardie, muniti di frusta, cacciarono i ragazzi e i mendicanti.

Apuleio si ritrovò solo, nel cerchio dei pochi. Trasse dalla borsa due monete d'argento, pagò, poi si mise a guardare lo spettacolo. La donna afferrò il fallo dell'asino e strusciandoselo con lussuria sul ventre cominciò a danzare una languida danza, scostando i veli per mostrare le sue grazie. Apuleio si avvicinò e alzò una mano, e allora l'asino aprì la bocca, ma invece di ragliare emise parole umane.

Sono Lucio, disse, non mi riconosci?

Quale Lucio?, chiese Apuleio.

Il tuo Lucio, disse l'asino, quello delle tue avventure, il tuo amico Lucio.

Apuleio si guardò intorno convinto che la voce venisse dalle vicinanze, ma la porta delle mura era già chiusa, le sentinelle dormivano e dietro di lui respirava silenziosa la fonda notte africana.

Questa strega mi ha fatto un maleficio, disse l'asino, mi ha imprigionato in queste sembianze, solo tu puoi liberarmi, tu che sei scrittore e mago.

Apuleio balzò verso il fuoco e afferrò un tizzone ardente, tracciò nell'aria dei segni, pronunciò le parole che sapeva di dover pronunciare. La donna gridò, sulla bocca le si disegnò una smorfia di disgusto e il suo volto cominciò a raggrinzirsi assumendo le sembianze di una vecchia. Allora, come per incanto, la donna si dissolse nell'aria, e con lei sparirono i saltimbanchi, la cinta delle mura, la notte africana. Improvvisamente fu il giorno: era una splendida gior-

24

nata di luce, a Roma, Apuleio passeggiava lungo il Foro e accanto a lui passeggiava l'amico Lucio. Passeggiando chiacchieravano, e intanto guardavano le schiave più belle che si aggiravano per il mercato. A un certo punto Apuleio si fermò e trattenendo Lucio per la tunica lo guardò negli occhi e gli disse: stanotte ho fatto un sogno.

Sogno di Cecco Angiolieri,
poeta e bestemmiatore

Una notte del gennaio del 1309, mentre giaceva su un pagliericcio del lazzaretto di Siena, avvolto in bende nauseabonde, Cecco Angiolieri, poeta e bestemmiatore, fece un sogno. Sognò che era una torrida giornata estiva e che stava passando davanti al duomo. Sapendo che quel luogo era fresco pensò di entrarvi per sfuggire alla canicola, ma invece di genuflettersi e di bagnarsi le dita nell'acqua benedetta, incrociò le dita in gesto di scongiuro, perché temeva che quel luogo gli portasse sfortuna.

Nella prima cappella a destra c'era un pittore che stava dipingendo una Madonna. Il pittore era un giovane biondo e sedeva su uno scranno, con la tavolozza fra le braccia, in atteggiamento di riposo. La tavola sacra era quasi finita: era una Vergine dagli occhi obliqui e dal sorriso impercettibile che reggeva sulle ginocchia, adagiato nelle pieghe delle vesti, il bambino Gesù. Il pittore lo salutò con garbo e Cecco Angiolieri rispose con una risata. Poi si mise a osservare il quadro e provò un grande malessere. Lo infastidiva l'espressione di quella signora altera che guardava superbamente il mondo come se avesse in gran dispetto le cose terrene. Fu più forte di lui: si avvicinò al quadro e tendendo il braccio destro gli fece un gesto osceno. Il giovane pittore balzò dal suo scranno e cercò di fermarlo, ma Cecco Angiolieri, come invasato, si divincolò e fece un gesto osceno anche col braccio sinistro. Allora la Vergine mosse gli occhi come se fossero occhi umani e lo fulminò con lo sguardo. Cecco Angiolieri sentì uno strano brivido in tutto il corpo, cominciò a rattrappirsi e a rimpicciolirsi, vide che le membra gli si stavano ricoprendo di pelo nero, si accorse che una lunga coda gli spuntava fra le gambe e cercò di urlare, ma invece di un urlo dalla bocca gli uscì un miagolio spaventoso e lui, piccolo e furibondo ai piedi del pittore, si accorse di essere diventato un gatto. Fece un balzo in avanti e uno indietro, come impazzito nella mostruosa prigione di quel nuovo corpo, digrignò i denti furibondo e uscì dalla chiesa miagolando selvaggiamente. Intanto sulla piazza era calata la sera. Cecco Angiolieri dapprima strisciò lungo le pareti, poi si guardò intorno per vedere se qualcuno faceva caso a lui. Ma la piazza era quasi deserta. Sull'angolo, vicino a una taverna, c'era un gruppo di giovani dall'aria furfantesca che avevano portato fuori i boccali e bevevano. Cecco Angiolieri pensò di passare davanti alla taverna, perché aveva fame, e forse avrebbe potuto trovare qualche crosta di formaggio. Strisciò lungo il muro della taverna e passò davanti alla porta, che era illuminata con due torce sugli stipiti. A quel punto uno dei giovinastri lo chiamò, facendo il tipico rumore delle labbra che si fa ai gatti, e gli fece vedere una cotica di prosciutto. Cecco Angiolieri si precipitò ai suoi piedi e prese in bocca la cotica, ma in quel mentre i giovani lo afferrarono e stringendolo forte lo portarono dentro la taverna. Cecco Angiolieri tentò di mordere e di graffiare, ma i giovinastri lo tenevano ben saldo: chi gli stringeva la bocca e chi gli immobilizzava le zampe, cosicché nulla poté fare. Quando furono dentro i giovinastri presero il barattolo di pece che serviva alle torce e gli cosparsero ben bene il pelo con l'unguento. Poi, con una torcia, gli appiccarono fuoco e lo lasciarono libero. Cecco Angiolieri, trasformato in una palla di fuoco, schizzò fuori miagolando terribilmente, si lanciò contro le pareti delle case, si rotolò per terra, ma il fuoco non si spengeva. Cominciò a percorrere come una saetta le buie viuzze di Siena, illuminandole al suo passaggio. Non sapeva dove andare, si lasciava trasportare dall'istinto. Svoltò due angoli, percorse tre vie, attraversò una piazzuola, salì una scalinata, arrivò davanti a un palazzo. Lì viveva suo padre. Cecco Angiolieri salì lo scalone, passò accanto ai servi spaventati, entrò nella sala da pranzo dove suo padre stava cenando e urlò: padre mio, sono diventato un fuoco, vi prego, salvatemi! E in quel momento Cecco Angiolieri si svegliò. I fisici gli stavano togliendo le bende e il suo corpo, ricoperto dalle terribili piaghe del fuoco di Sant'Antonio, gli bruciava come una fiamma.

Sogno di François Villon, poeta e malfattore

All'alba del Natale del 1451, quando era immerso nell'ultimo sonno, François Villon, poeta e malfattore, fece un sogno. Sognò che era una notte di luna piena e che lui stava attraversando una landa desolata. Si fermò a mangiare un pezzo di pane che trasse dalla sua bisaccia e si sedette su una pietra. Guardò il cielo, e sentì un grande struggimento. Poi proseguì il suo cammino e arrivò a una locanda. La casa era buia e silenziosa, forse tutti dormivano. François Villon bussò con insistenza alla porta e gli aperse la moglie del locandiere.

Cosa cerchi a quest'ora, viandante?, disse la moglie del locandiere illuminando con la lanterna il volto di Villon.

Cerco mio fratello, rispose François Villon, lo hanno visto l'ultima volta da queste parti e io voglio ritrovarlo.

Entrò nella locanda buia, rischiarata solo da un debole fuoco, e si sedette a un tavolo.

Voglio montone e vino, ordinò, e si mise ad aspettare. La moglie del locandiere gli portò un piatto di fagioli lessi e una brocca di sidro. È quello che abbiamo per questa sera, disse, consolati viandante perché le guardie si aggirano in queste contrade e hanno finito tutto il nostro cibo.

Mentre Villon mangiava entrò un vecchio col volto coperto di stracci. Era un lebbroso, e si appoggiava a un bastone. Villon lo guardò e non disse niente. Il lebbroso si sedette dall'altra parte della stanza, vicino al fuoco, e disse: mi hanno detto che cerchi tuo fratello.

La mano di Villon corse lesta al pugnale, ma il lebbroso lo fermò con un gesto. Io non sto dalla parte delle guardie, disse, sto dalla parte dei malfattori e ti posso guidare da tuo fratello. Si avvicinò alla porta appoggiandosi al suo bastone e Villon lo seguì. Uscirono nel freddo dell'inverno. Era una notte chiara e la neve nei campi era ghiacciata. Intorno a loro c'era una landa brulla orlata dal nero profilo di colline coperte di boschi. Il lebbroso prese un sentiero e faticosamente si diresse verso le colline. Villon lo seguiva e intanto, per sicurezza, teneva la mano sul pugnale.

Quando la strada si fece in salita il lebbroso si fermò e si sedette su una pietra. Dalla sua bisaccia trasse un'ocarina e cominciò a suonare una musica nostalgica. Ogni tanto si interrompeva e cantava alcune strofe di una ballata furfantesca che parlava di stupri e di malfattori, di ruberie e di gendarmi. Villon lo ascoltava e rabbrividiva, perché sapeva che quella ballata lo concerneva. E allora sentì una specie di paura che gli attanagliò le viscere. Ma era paura di cosa? Non lo sapeva, perché lui non aveva paura dei gendarmi, né aveva paura del buio e del lebbroso. E sentì che quella paura era una specie di rimpianto, e di sottile dolore.

Poi il lebbroso si alzò e Villon lo seguì verso il bosco. Quando arrivarono al primo albero Villon vide che dai rami pendeva un impiccato. Aveva la lingua di fuori, e la luna illuminava lividamente il cadavere. Era uno sconosciuto, e Villon andò avanti. Anche dall'albero vicino pendeva un impiccato, ma anch'esso era uno sconosciuto. Villon si guardò intorno e vide che il bosco era pieno di cadaveri che penzolavano dagli alberi. Li guardò uno a uno, con serenità, aggirandosi fra i piedi che oscillavano alla brezza, finché non trovò suo fratello. Lo staccò tagliando la corda col pugnale e lo adagiò sull'erba. Il cadavere era rigido per la morte e per il gelo. Villon lo baciò sulla fronte. E in quel momento il cadavere di suo fratello parlò. La vita qui è piena di bianche farfalle che ti aspettano, fratello mio, disse il cadavere, e sono tutte larve.

Villon alzò la testa smarrito. Il suo compagno era sparito e dal bosco, come un grande coro funebre cantato in sordina, si alzava la ballata che cantava il lebbroso.

Sogno di François Rabelais,
scrittore e frate smesso

Una notte di febbraio del 1532, all'ospedale di Lione, mentre dormiva nella sua austera cameretta di medico, dopo sette giorni che digiunava in osservanza alle regole della vita conventuale che continuava a mantenere anche se aveva lasciato gli ordini, François Rabelais, scrittore e frate smesso, fece un sogno. Sognò che si trovava sotto la pergola di una taverna del Périgord, e che era il mese di settembre. C'era una tavola lunga e stretta, apparecchiata con una tovaglia candida e carica di caraffe di vino, e lui stava seduto a un capo della tavola. L'altro capo della tavola era apparecchiato per un'altra persona, ma lui non sapeva di chi si trattasse, sapeva solo che doveva aspettare. Mentre aspettava, l'oste gli portò un piatto di olive marinate e un boccale di sidro fresco, e lui cominciò a spilluzzicare, sorseggiando quello squisito sidro dal bel colore ambrato. A un certo punto sentì uno scalpitio di zoccoli e vide una nube di polvere che si avvicinava sulla strada maestra. Era una carrozza dall'aspetto regale, con un cocchiere vestito di rosso e due lacchè in piedi sui predellini. La carrozza si fermò sul prato della taverna, i due lacchè lanciarono due squilli di tromba e poi si precipitarono giù stendendo un tappeto rosso davanti allo sportello della carrozza. Si misero sull'attenti e gridarono: sua maestà il signor Pantagruele, re del cibo e del vino! François Rabelais si alzò in piedi perché capì che era arrivato il suo commensale, che intanto stava avanzando maestosamente sul tappeto rosso che i lacchè srotolavano ai suoi piedi. Era un uomo dalla statura gigantesca, che camminava reggendosi la pancia con le mani, un pancione grosso come un otre che ballonzolava a destra e a sinistra. Aveva una folta barba nera che gli incorniciava il viso e sulla testa portava un cappellone a larghe falde. Sua maestà il signor Pantagruele allargò la bocca in un cordiale sorriso, si arrotolò le maniche della sua veste regale e si sedette all'altro capo della tavola. L'oste arrivò precedendo una zuppiera fumante trasportata dai due valletti e cominciò a servire. Minestra d'orzo, grano e fagioli, annunciò servendo, una cosina leggera per avviare lo stomaco. Sua maestà il signor Pantagruele si annodò un tovagliolo grande come un lenzuolo intorno al collo e fece segno a François Rabelais che si poteva incominciare. Era una zuppa di granaglie nella quale nuotavano foglie d'alloro e spicchi d'aglio, una cosina proprio delicata. François Rabelais ne mangiò un piatto con gusto, mentre sua maestà il signor Pantagruele, dopo avere educatamente chiesto il permesso, si avvicinò la zuppiera e cominciò a bervici direttamente la minestra. Intanto i valletti arrivavano con altro cibo, mentre l'oste, premuroso, riempiva i piatti. Questa volta si trattava di oche farcite. A François Rabelais ne toccarono due, a sua maestà il signor Pantagruele diciannove. Oste, disse il maestoso convitato, devi insegnarmi come si cucinano queste oche, voglio dirlo al mio cuoco. L'oste si lisciò i possenti mustacchi, si schiarì la voce e disse: prima di tutto si prende una buona choucroute e gli si dà una bollitura per quattro o cinque minuti. Poi si fa sciogliere il grasso delle oche e vi si fa cuocere dentro la choucroute, il lardo, le bacche di ginepro, il garofano, il sale e il pepe, la cipolla tritata e si fa cuocere il tutto per tre ore. Poi si aggiunge prosciutto, i fegati delle oche fatti a pezzettini e si lega la pappa con mollica di pane. Si farciscono le oche con questo ripieno e si infilano in forno per una quarantina di minuti. Bisogna ricordarsi, a metà cottura, di raccogliere il grasso sfrigolante e di versarlo sul ripieno, e il piatto è pronto. A sentire quella descrizione a François Rabelais era cresciuto di nuovo l'appetito, e al suo commensale anche, almeno a vederlo, perché si leccava i baffi con la sua lingua gigantesca finché chiese: e ora, oste, cosa ci proponi? L'oste batté le mani e i valletti arrivarono portando vassoi fumanti. Capponi con grappa di prugne e faraone al roquefort, disse l'oste con soddisfazione, e si mise a servire. François Rabelais cominciò di buona lena a mangiare un cappone e una faraona, mentre sua maestà il signor Pantagruele ne divorava una decina. Non so perché, disse sua maestà il signor Pantagruele, ma trovo che con questi capponi ci starebbe bene un po' di salsa di cervella, lei cosa ne dice, mio caro commensale? François Rabelais annuì e l'oste, come se non aspettasse altro, batté le mani. I valletti portarono due vassoi ricolmi di salsa di cervella. Sua maestà il signor Pantagruele ne spalmò un vassoio su un pane lungo un metro e, fra un boccone e l'altro di cappone, gli dava certi morsini che in due minuti se lo finì tutto. Quando ebbero terminato l'oste chiese il permesso di togliere i piatti sporchi e chiese: che ne direbbero lor signori di un po' di cinghiale alla cacciatora, o preferiscono filetti di lepre farciti e fritti? Per essere nel giusto François Rabelais propose che li portasse entrambi. E sua maestà il signor Pantagruele sbadigliò per indicare che aveva ancora appetito. L'oste batté le mani e i valletti arrivarono con le nuove vivande. Ah, riuscì a farfugliare mangiando François Rabelais, che squisitezza suprema era quel cinghiale alla cacciatora! Una cacciatora leggermente agrodolce, con le olive verdi e un tantinello di peperoncino che metteva in risalto l'aroma del selvatico. E quei filetti di lepre farciti e fritti, rispose fra un boccone e l'altro sua maestà il signor Pantagruele, non si potevano forse definire divini?

L'oste con aria beata li guardava mangiare. Era il settembre e il sole disegnava macchie chiare nell'ombra della pergola. Sua maestà il signor Pantagruele aveva gli occhi piccoli piccoli e ogni tanto chiudeva le palpebre come se stesse per addormentarsi. Poi si batté sul ventre qualche colpetto con la palma della mano, chiese educatamente permesso ed emise un rutto formidabile, un boato che pareva un tuono e

che risuonò nella campagna. E al boato del tuono
François Rabelais si svegliò, capì che era una notte
di tempesta, accese a tentoni la candela e afferrò sul
comodino un pezzo di pane secco che si concedeva
ogni notte per rompere il digiuno.

Sogno di Michelangelo Merisi, detto il Caravaggio, pittore e uomo iracondo

La notte del primo gennaio del 1599, mentre si trovava nel letto di una prostituta, Michelangelo Merisi, detto il Caravaggio, pittore e uomo iracondo, sognò che Dio lo visitava. Dio lo visitava attraverso il Cristo, e puntava il dito su di lui. Michelangelo era in una taverna, e stava giocando di denaro. I suoi compagni erano dei furfanti, e qualcuno era ubriaco. E lui, lui non era Michelangelo Merisi, il pittore celebre, ma un avventore qualsiasi, un malandrino. Quando Dio lo visitò stava bestemmiando il nome di Cristo, e rideva. Tu, disse senza dire il dito del Cristo. Io?, chiese con stupore Michelangelo Merisi, io non sono un santo per vocazione, sono solo un peccatore, non posso essere scelto.

Ma il volto del Cristo era inflessibile, senza scampo. E la sua mano tesa non lasciava spazio a nessun dubbio.

Michelangelo Merisi abbassò la testa e guardò il denaro sul tavolo. Ho stuprato, disse, ho ucciso, sono un uomo con le mani lorde di sangue.

Il garzone dell'osteria arrivò portando fagioli e vino. Michelangelo Merisi si mise a mangiare e a bere.

Tutti erano immobili, vicino a lui, solo lui muoveva le mani e la bocca come un fantasma. Anche il Cristo era immobile e tendeva la sua mano immobile col dito puntato. Michelangelo Merisi si alzò e lo seguì. Sbucarono in un vicolo sudicio, e Michelangelo Merisi si mise a orinare in un canto tutto il vino che aveva bevuto quella sera.

Dio, perché mi cerchi?, chiese Michelangelo Merisi al Cristo. Il figlio dell'uomo lo guardò senza rispondere. Passeggiarono lungo il vicolo e sbucarono su una piazza. La piazza era deserta.

Sono triste, disse Michelangelo Merisi. Il Cristo lo guardò e non rispose. Si sedette su una panchina di pietra e si tolse i sandali. Si massaggiò i piedi e disse: sono stanco, sono venuto a piedi dalla Palestina per cercarti.

Michelangelo Merisi stava vomitando appoggiato al muro di un cantone. Ma io sono un peccatore, gridò, non devi cercarmi.

Il Cristo si avvicinò e gli toccò un braccio. Io ti ho fatto pittore, disse, e da te voglio un dipinto, dopo puoi seguire la strada del tuo destino.

Michelangelo Merisi si pulì la bocca e chiese: quale dipinto?

La visita che ti ho fatto stasera nella taverna, solo che tu sarai Matteo.

D'accordo, disse Michelangelo Merisi, lo farò. E si girò nel letto. E in quel momento la prostituta lo abbracciò russando.

Sogno di Francisco Goya y Lucientes, pittore e visionario

La notte del primo maggio del 1820, mentre la sua intermittente pazzia lo visitava, Francisco Goya y Lucientes, pittore e visionario, fece un sogno.

Sognò che con la sua amante della gioventù stava sotto un albero. Era l'austera campagna di Aragona, e il sole era alto. La sua amante stava su un dondolo, e lui la spingeva per la vita. La sua amante aveva un ombrellino di pizzo e rideva con risate brevi e nervose. Poi la sua amante cadde sul prato e lui la seguì a ruzzoloni. Rotolarono sulle pendici del colle, finché arrivarono a un muro giallo. Si affacciarono al muro e videro dei soldati, illuminati da una lanterna, che stavano fucilando degli uomini. La lanterna era incongrua, in quel paesaggio assolato, ma illuminava lividamente la scena. I soldati spararono e gli uomini caddero coprendo le pozze del loro sangue. Allora Francisco Goya y Lucientes sfilò il pennello da pittore che teneva alla cintura e avanzò brandendolo minacciosamente. I soldati, come per incanto, sparirono, spaventati da quell'apparizione. E al loro posto apparve un gigante orrendo che stava divorando una gamba umana. Aveva i capelli sporchi e la faccia livida, due fili di sangue gli scorrevano agli angoli della bocca, i suoi occhi erano velati, però rideva.

Chi sei?, gli chiese Francisco Goya y Lucientes.

Il gigante si pulì la bocca e disse: sono il mostro che domina l'umanità, la Storia è mia madre.

Francisco Goya y Lucientes fece un passo e brandì il suo pennello. Il gigante sparì e al suo posto apparve una vecchia. Era una megera sdentata, con la pelle di cartapecora e gli occhi gialli.

Chi sei?, le chiese Francisco Goya y Lucientes.

Sono la disillusione, disse la vecchia, e domino il mondo, perché ogni sogno umano è sogno breve.

Francisco Goya y Lucientes fece un passo e brandì il suo pennello. La vecchia sparì e al suo posto apparve un cane. Era un piccolo cane sepolto nella sabbia, solo la testa restava fuori.

Chi sei?, gli chiese Francisco Goya y Lucientes.

Il cane tirò bene fuori il collo e disse: sono la bestia della disperazione e mi prendo gioco delle tue pene.

Francisco Goya y Lucientes fece un passo e brandì il suo pennello. Il cane sparì e al suo posto apparve un uomo. Era un vecchio grasso, con la faccia bolsa e infelice.

Chi sei?, gli chiese Francisco Goya y Lucientes.

L'uomo fece un sorriso stanco e disse: sono Francisco Goya y Lucientes, contro di me non potrai nulla.

E in quel momento Francisco Goya y Lucientes si svegliò e si ritrovò solo nel suo letto.

Sogno di Samuel Taylor Coleridge, poeta e oppiomane

Una notte di novembre del 1801, nella sua casa di Londra, in preda al delirio dell'oppio, Samuel Taylor Coleridge, poeta e oppiomane, fece un sogno. Sognò che si trovava su un vascello imprigionato tra i ghiacci. Lui era il capitano, e i suoi uomini, stesi in coperta, cercavano miseramente di ripararsi dal freddo coprendosi con cenci e lacere coperte. Avevano i volti emaciati, le occhiaie profonde e la malattia negli occhi. Un albatro possente, che si era posato su un pennone della nave, teneva le ali spalancate e lanciava un'ombra minacciosa sul ponte. Samuel Taylor Coleridge chiamò l'ufficiale in seconda e gli ordinò di portargli un fucile, ma questi rispose che non c'era più polvere da sparo e gli porse una balestra. Allora Samuel Taylor Coleridge afferrò la balestra e prese la mira. Pensava che uccidendo l'albatro avrebbe potuto sfamare i suoi marinai sfiniti, evitando loro lo scorbuto e la morte. Prese la mira e scoccò la freccia. L'albatro, col collo trafitto dal dardo, cadde sul ponte e il suo sangue spruzzò il ghiaccio intorno. E allora dal sangue caduto sul ghiaccio nacque un serpente marino che alzò il capo scattante e si affacciò alle murate sibilando con la sua lingua biforcuta. Samuel Taylor

Coleridge afferrò la sciabola da capitano che portava al fianco, e prontamente gli tagliò la testa. E allora, da quella testa recisa, nacque una donna magra e vestita di nero, con il volto pallido e gli occhi spiritati. La donna aveva in mano dei dadi da gioco, si sedette sul cassero e chiamò il capitano. Ora dobbiamo giocare a dadi, disse, se vincerai tu il tuo vascello sarà libero, se vincerò io porterò con me i tuoi marinai. L'ufficiale in seconda si precipitò da Samuel Taylor Coleridge e trattenendolo per un braccio lo pregò di non dare ascolto alla donna funesta, perché sarebbe stata la loro rovina, ma lui avanzò baldanzosamente verso la donna e facendo un inchino si dichiarò pronto a giocare. La donna gli porse la scatola dei dadi e Samuel Taylor Coleridge la afferrò e se la strinse al petto. Poi la agitò furiosamente e gettò i dadi sulle tavole. I marinai lanciarono un evviva: undici erano i punti che il loro capitano aveva segnato. La donna funesta si strappò i capelli e pianse, poi rise malignamente, poi tornò a piangere lamentandosi come un cane che guaisce. Infine prese i dadi e con un gesto ampio, come se il suo braccio volesse spazzare il ponte, li lanciò. I dadi rotolarono sulle tavole e si fermarono mostrando sei punti su un lato e sei punti sull'altro. In quel momento si alzò un vento ghiacciato che li investì con gelide folate, e col vento sparirono i marinai, la donna funesta e il vascello, una coltre di fumo grigio si stese su tutto e Samuel Taylor Coleridge aprì gli occhi per vedere un'alba nebbiosa che si affacciava alla sua finestra.

Sogno di Giacomo Leopardi, poeta e lunatico

Una notte dei primi di dicembre del 1827, nella bella città di Pisa, in via della Faggiola, dormendo fra due materassi per proteggersi dal terribile freddo che stringeva la città, Giacomo Leopardi, poeta e lunatico, fece un sogno. Sognò che si trovava in un deserto, e che era un pastore. Ma, invece di avere un gregge che lo seguiva, stava comodamente seduto su un calesse trainato da quattro pecore candide, e quelle quattro pecore erano il suo gregge.

Il deserto, e le colline che lo orlavano, erano di una finissima sabbia d'argento che riluceva come la luce delle lucciole. Era di notte ma non faceva freddo, anzi, pareva una bella nottata di tarda primavera, così che Leopardi si tolse il pastrano con cui era coperto e lo appoggiò sul bracciale del calesse.

Dove mi portate, mie care pecorelle?, chiese.

Ti portiamo a spasso, risposero le quattro pecore, noi siamo delle pecorelle vagabonde.

Ma cos'è questo luogo?, chiese Leopardi, dove ci troviamo?

Poi lo scoprirai, risposero le pecorelle, quando avrai incontrato la persona che ti aspetta.

Chi è questa persona?, chiese Leopardi, lo vorrei proprio sapere.

Eh eh, risero le pecorelle guardandosi fra di loro, noi non possiamo dirtelo, deve essere una sorpresa.

Leopardi aveva fame, e avrebbe avuto voglia di mangiare un dolce; una bella torta con i pinoli era proprio quello di cui aveva voglia.

Vorrei un dolce, disse, non c'è un luogo in cui si possa comprare un dolce in questo deserto?

Subito dietro quella collina, risposero le pecorelle, abbi un po' di pazienza.

Arrivarono in fondo al deserto e aggirarono la collina, ai piedi della quale c'era una bottega. Era una bella pasticceria tutta di cristallo e sfavillava di una luce di argento. Leopardi si mise a guardare la vetrina, indeciso su cosa scegliere. In prima fila c'erano le torte, di tutti i colori e di tutte le dimensioni: torte verdi di pistacchio, torte vermiglie di lamponi, torte gialle di limone, torte rosa di fragola. Poi c'erano i marzapane, in forme buffe o appetitose: fatti a mela e ad arancia, fatti a ciliegia, o in forma di animali. E infine venivano gli zabaioni, cremosi e densi, con una mandorla sopra. Leopardi chiamò il pasticcere e comprò tre dolci: un tortino di fragole, un marzapane e uno zabaione. Il pasticcere era un omino tutto d'argento, con i capelli candidi e gli occhi azzurri, che gli dette i dolci e per omaggio una scatola di cioccolatini. Leopardi risalì sul calesse e mentre le pecorelle si rimettevano in cammino si mise a degustare le squisitezze che aveva comprato. La strada aveva preso a salire, e ora si inerpicava sulla collina. E, che strano, anche quel terreno riluceva, era traslucido e mandava un bagliore d'argento. Le pecorelle si fermarono davanti a una casetta che sfavillava nella notte. Leopardi scese perché capì di essere arrivato, prese la scatola di cioccolatini e entrò nella casa. Dentro c'era una ragazza seduta su una sedia che ricamava su un tamburello.

Vieni avanti, ti aspettavo, disse la ragazza. Si girò e gli sorrise, e Leopardi la riconobbe. Era Silvia. Solo che ora era tutta d'argento, aveva le stesse sembianze di un tempo, ma era d'argento.

Silvia, cara Silvia, disse Leopardi prendendole le mani, come è dolce rivederti, ma perché sei tutta d'argento?

Perché sono una selenita, rispose Silvia, quando si muore si viene sulla luna e si diventa così.

Ma perché anch'io sono qui, chiese Leopardi, sono forse morto?

Questo non sei tu, disse Silvia, è solo la tua idea, tu sei ancora sulla terra.

E da qui si può vedere la terra?, chiese Leopardi.

Silvia lo condusse a una finestra dove c'era un cannocchiale. Leopardi avvicinò l'occhio alla lente e subito vide un palazzo. Lo riconobbe: era il suo palazzo. Una finestra era ancora accesa, Leopardi ci guardò dentro e vide suo padre, con la camicia da notte e il pitale in mano, che stava andando a letto. Sentì una fitta al cuore e spostò il cannocchiale. Vide una torre pendente su un grande prato e, vicino, una strada tortuosa con un palazzo dove c'era un debole lume. Si sforzò di guardare dentro la finestra e vide una stanza modesta, con un cassettone e un tavolo sul quale c'era un quaderno accanto a cui si stava consumando un mozzicone di candela. Dentro al letto vide se stesso, che dormiva fra due materassi.

Sono morto?, chiese a Silvia.

No, disse Silvia, stai solo dormendo e sogni la luna.

Sogno di Carlo Collodi, scrittore e censore teatrale

La notte del venticinque dicembre del 1882, nella sua casa di Firenze, Carlo Collodi, scrittore e censore teatrale, fece un sogno. Sognò che stava su una barchetta di carta in mezzo al mare e che c'era una tempesta. Ma la barchetta di carta resisteva, era una barchetta testarda, con due occhi umani e i colori dell'Italia, che Collodi amava. Una voce lontana, dallo strapiombo della costa, gridava: Carlino, Carlino, ritorna a riva! Era la voce della moglie che non aveva mai avuto, una dolce voce femminile che lo chiamava con un pianto di sirena.

Ah, se avrebbe voluto tornare! Ma non ce la faceva, i flutti erano troppo grandi e la barchetta navigava in balìa del mare.

Poi, all'improvviso, vide il mostro. Era un enorme pesce-cane con le fauci spalancate che lo guatava, che lo studiava, che lo aspettava.

Collodi cercò di azionare il timone, ma anche il timone era di carta e era tutto inzuppato, ormai era diventato inservibile. E così si rassegnò a filare diritto verso le fauci del mostro, e per la paura si tappò gli occhi con le mani, si alzò in piedi e gridò: viva l'Italia!

Com'era buio, nella pancia del mostro! Collodi cominciò a camminare a tentoni, inciampò in qualcosa che non capì cosa fosse e toccando con le mani capì che era un teschio. Poi urtò contro delle tavole e capì che un'altra barca prima di lui aveva fatto naufragio nelle fauci del mostro. Ora si muoveva con maggiore disinvoltura, perché dalla bocca spalancata del pescecane proveniva un debole bagliore. Andando avanti a tentoni picchiò le ginocchia contro una cassa di legno. Si piegò e tastò, e si accorse che era piena di candele. Aveva ancora il suo acciarino, per fortuna, che fece prontamente scintillare. Accese due candele e con quelle in mano si mise a guardarsi intorno. Si trovava sulla tolda di un vascello che aveva fatto naufragio nella pancia del mostro, il cassero era pieno di scheletri e sull'albero maestro sventolava una bandiera nera col teschio e le tibie. Collodi andò avanti e scese una scaletta. Trovò subito la cambusa, che era piena di rum. Con grande soddisfazione si aprì una bottiglia e bevve a garganella. Ora si sentiva meglio. Assai rinfrancato si alzò e guidandosi con le candele uscì dal vascello. La pancia del mostro era scivolosa, piena di pesciolini morti e di granchi. Collodi andò avanti sguazzando nell'acqua bassa. Lontano vide un lumicino, un timido chiarore che lo invitava. Vi si diresse. Accanto a lui passavano scheletri, vascelli naufragati, barche sfondate, enormi pesci morti. Il chiarore si avvicinò e Collodi scorse un tavolo. Attorno al tavolo stavano sedute due persone, una donna e un bambino. Collodi avanzò timidamente, e vide che la donna aveva i capelli turchini e il bambino un cappello fatto di mollica di pane. Fece una corsa, e li abbracciò. E anche loro lo abbracciarono, e risero, e si dettero a vicenda buffetti sulle guance, e si fecero mille moine. E non parlarono.

E all'improvviso la scena cambiò. Ora non si trovavano più nella pancia del mostro, ma sotto una pergola. Intorno era l'estate. E loro stavano seduti attorno a una tavola, era una casa delle colline di Pescia, le cicale frinivano, tutto era immobile nella calura meridiana, loro bevevano vino bianco e mangiavano melone. Seduti da una parte, sotto la pergola, c'erano un gatto e una volpe che li guardavano con occhi mansueti. E Collodi, con cortesia, disse loro: volete favorire?

Sogno di Robert Louis Stevenson,
scrittore e viaggiatore

Una notte di giugno del 1865, quando aveva quindici anni, mentre si trovava in una stanza dell'ospedale di Edimburgo, Robert Louis Stevenson, futuro scrittore e viaggiatore, fece un sogno. Sognò che era diventato un uomo maturo e che si trovava sopra un veliero. Il veliero aveva le vele gonfie di vento e viaggiava nell'aria. Lui reggeva il timone e lo pilotava come si pilota un pallone aerostatico. Il veliero passò sopra Edimburgo, poi attraversò le montagne di Francia, si allontanò dall'Europa e cominciò a sorvolare un oceano azzurro. Lui sapeva che aveva preso quel vascello perché i suoi polmoni non riuscivano a respirare, e aveva bisogno d'aria. E ora respirava proprio bene, i venti gli riempivano d'aria pulita i polmoni e la sua tosse si era calmata.

Il veliero si posò sull'acqua e cominciò a filare veloce. Robert Louis Stevenson aveva sciolto tutte le vele e si lasciava guidare dal vento. A un certo punto vide un'isola all'orizzonte, e tante lunghe canoe, guidate da uomini scuri, gli si fecero incontro. Robert Louis Stevenson vide che le canoe gli si affiancavano e che gli indicavano la rotta da seguire; e mentre così facevano gli indigeni cantavano canti di allegria e lanciavano sul ponte della nave corone di fiori bianchi.

Quando arrivò a cento metri dall'isola, Robert Louis Stevenson gettò l'ancora e con una scaletta di corda scese fino alla canoa principale che lo aspettava sotto le murate. Era una canoa maestosa, con un totem gigantesco sulla prua. Gli indigeni lo abbracciarono e gli fecero vento con larghe foglie di palma, mentre gli offrivano frutta dolcissima.

Ad attenderli sull'isola c'erano donne e fanciulli che danzavano ridendo e che gli misero al collo collane di fiori. Il capo del villaggio gli si avvicinò e gli indicò la vetta della montagna. Robert Louis Stevenson capì che doveva raggiungerla, ma non sapeva perché. Pensò che con la sua cattiva respirazione non ce l'avrebbe mai fatta a raggiungere la vetta, e con cenni approssimativi cercò di spiegarlo agli indigeni. Ma loro avevano già capito, e avevano preparato una portantina intrecciata di giunchi e di foglie di palma. Robert Louis Stevenson vi si accomodò e quattro indigeni robusti si issarono la portantina sulle spalle e cominciarono a salire la montagna. Salendo, Robert Louis Stevenson vedeva un panorama inspiegabile: vedeva la Scozia e la Francia, l'America e New York, e tutta la sua vita passata che doveva ancora essere. E lungo i fianchi della montagna alberi benefici e fiori carnosi riempivano l'aria di un profumo che gli apriva i polmoni.

Gli indigeni si arrestarono di fronte a una grotta e si sedettero per terra incrociando le gambe. Robert

Louis Stevenson capì che doveva entrare nella grotta, gli dettero una torcia e lui entrò. Faceva fresco, e l'aria sapeva di muschio. Robert Louis Stevenson avanzò nel ventre della montagna fino a una stanza naturale che lontani terremoti avevano scavato nella roccia e nella quale c'erano enormi stalattiti. In mezzo alla stanza c'era un forziere d'argento. Robert Louis Stevenson lo spalancò e vide che dentro c'era un libro. Era un libro che parlava di un'isola, di viaggi, di avventure, di un bambino e di pirati; e sul libro c'era scritto il suo nome. Allora uscì dalla grotta, diede ordine agli indigeni di tornare al villaggio e si arrampicò fino sulla vetta con il libro sotto il braccio. Poi si stese sull'erba e aprì il libro alla prima pagina. Sapeva che sarebbe rimasto lì, su quella vetta, a leggere quel libro. Perché l'aria era pura, la storia era come l'aria e apriva l'anima; e là, leggendo, era bello aspettare la fine.

Sogno di Arthur Rimbaud, poeta e vagabondo

La notte del ventitre giugno del 1891, nell'ospedale di Marsiglia, Arthur Rimbaud, poeta e vagabondo, fece un sogno. Sognò che stava attraversando le Ardenne. Portava la sua gamba amputata sotto il braccio e si appoggiava a una stampella. La gamba amputata era avvolta nella carta di un giornale sul quale, a titoli cubitali, c'era stampata una sua poesia.

Era verso la mezzanotte, e c'era la luna piena. I prati erano d'argento, e Arthur cantava. Arrivò nei pressi di un casolare dove c'era una finestra accesa. Si stese sul prato, sotto un enorme mandorlo, e continuò a cantare. Cantava una canzone rivoluzionaria e vagabonda che parlava di una donna e di un fucile. Dopo un po' la porta si aprì e una donna uscì e venne avanti. Era una donna giovane, e aveva i capelli sciolti. Se vuoi un fucile come chiede la tua canzone io posso dartelo, disse la donna, lo tengo nel granaio.

Rimbaud si strinse alla sua gamba amputata e rise. Vado alla Comune di Parigi, disse, e ho bisogno di un fucile.

La donna lo guidò fino al granaio. Era una costruzione a due piani. Al pianterreno c'erano delle pecore, e al piano di sopra, dove si saliva con una scala a pioli, c'era il granaio. Non posso salire fino lassù, disse Rimbaud, io ti aspetterò qui, fra le pecore. Si stese sulla paglia e si tolse i pantaloni. Quando la donna discese lo trovò pronto a fare l'amore. Se vuoi una donna come chiede la tua canzone, disse la donna, io posso dartela. Rimbaud l'abbracciò e le chiese: come si chiama questa donna? Si chiama Aurelia, disse la donna, perché è una donna di sogno. E sciolse il vestito.

Si amarono fra le pecore, e Rimbaud teneva ben vicino la sua gamba amputata. Quando si furono amati la donna disse: resta. Non posso, rispose Rimbaud, devo partire, vieni fuori con me, a vedere l'alba che sorge. Uscirono sullo spiazzo che faceva già chiaro. Tu non senti queste grida, disse Rimbaud, ma io le sento, vengono da Parigi e mi chiamano, è la libertà, è il richiamo della lontananza.

La donna era ancora nuda, sotto il mandorlo. Ti lascerò la mia gamba, disse Rimbaud, abbine cura.

E si diresse verso la strada maestra. Che bello, ora non zoppicava più. Camminava come se avesse avuto due gambe. E sotto i suoi zoccoli la strada risuonava. L'alba era rossa all'orizzonte. E lui cantava, e era felice.

Sogno di Anton Čechov, scrittore e medico

Una notte del 1890, mentre si trovava nell'isola di Sachalin dove era andato a visitare i detenuti, Anton Čechov, scrittore e medico, fece un sogno. Sognò che stava in una corsia d'ospedale e che gli avevano messo una camicia di forza. Accanto a sé aveva due vecchi decrepiti che recitavano la loro follia. Lui era sveglio, lucido, sicuro, e avrebbe voluto scrivere la storia di un cavallo. Arrivò un dottore vestito di bianco e Anton Čechov gli chiese carta e penna.

Lei non può scrivere perché ha troppa teoretica, disse il dottore, lei è solo un povero moralista, e i pazzi non possono permetterselo.

Come si chiama lei?, gli chiese Anton Čechov.

Non posso dirle il mio nome, rispose il dottore, ma sappia che io odio quelli che scrivono, specie se hanno troppa teoretica. La teoretica rovina il mondo.

Anton Čechov provò il desiderio di schiaffeggiarlo, ma intanto il dottore aveva tirato fuori il rossetto e si stava rifacendo il trucco delle labbra. Poi si mise una parrucca e disse: sono la sua infermiera, ma lei non può scrivere, perché ha troppa teoretica, lei è solo un moralista, e a Sachalin c'è andato in vestaglia. E così dicendo gli liberò le braccia.

Lei è un povero diavolo, disse Anton Čechov, ma non sa neppure cosa sono i cavalli.

Perché dovrei conoscere i cavalli?, chiese il dottore, io conosco solo il direttore del mio ospedale.

Il suo direttore è un asino, disse Anton Čechov, non è un cavallo, è una bestia da soma, ne ha sopportate tante nella sua vita. E poi aggiunse: mi faccia scrivere.

Lei non può scrivere, disse il dottore, perché lei è pazzo.

I vecchi che stavano accanto a lui si rigirarono nel letto e uno di loro si alzò per orinare nel pitale.

Non importa, disse Anton Čechov, le regalerò un pugnale, affinché se lo possa mettere fra i denti; e con quel pugnale in bocca bacerà il direttore della sua clinica e vi scambierete un bacio d'acciaio.

E poi si girò su un fianco e cominciò a pensare a un cavallo. E ad un vetturino. E il vetturino era infelice, perché voleva raccontare a qualcuno la morte del proprio figlio maschio. Ma nessuno lo ascoltava, perché la gente non aveva tempo e lo considerava un rompiscatole. E allora il vetturino lo raccontava al suo cavallo, che era una bestia paziente. Era un vecchio cavallo che aveva occhi umani.

E in quel momento arrivarono al galoppo due cavalli alati montati da due donne che Anton Čechov conosceva. Erano due attrici, e tenevano in mano un ramo di ciliegio in fiore. Il vetturino attaccò i due cavalli al suo landò, Anton Čechov si sistemò sul sedile e la carrozza decollò nella corsia d'ospedale, infilò uno dei finestroni e si librò nel cielo. E mentre volavano fra le nuvole vedevano il dottore con la parrucca che faceva gesti di stizza e inveiva contro di loro. Le due attrici lasciarono cadere due petali di fiore di ciliegio e il vetturino sorrise dicendo: avrei una storia da raccontare, è una storia triste, ma credo che voi possiate capirmi, caro Anton Čechov.

Anton Čechov si appoggiò allo schienale, si avvolse una sciarpa intorno al collo e disse: ho tutto il tempo, io sono molto paziente e amo le storie della gente.

Sogno di Achille-Claude Debussy, musicista e esteta

La notte del ventinove giugno del 1893, una limpida notte d'estate, Achille-Claude Debussy, musicista e esteta, sognò che si trovava su una spiaggia. Era una spiaggia della maremma toscana, orlata di macchia bassa e di pini. Debussy arrivò con dei pantaloni di lino e un cappello di paglia, entrò nel capanno che gli aveva assegnato la Pinky e si tolse il vestito. Intravvide la Pinky sulla spiaggia, ma invece di farle un cenno di saluto scivolò nell'ombra del capanno. La Pinky era una bella signora proprietaria di una villa, si occupava dei rari bagnanti sulla sua spiaggia privata e girava sulla marina coperta da un velo azzurro che le scendeva dal cappello. Apparteneva a una vecchia nobiltà e parlava a tutti dando del tu. Questo non piaceva a Debussy, che amava essere trattato con formule di cortesia.

Prima di infilarsi il costume fece alcune flessioni sulle ginocchia e poi si accarezzò a lungo il sesso, che era semieretto, perché la visione di quella spiaggia solitaria, col sole e l'azzurro del mare, gli dava una certa eccitazione. Indossò un costume austero, di colore blu, con due stellette bianche sulle spalle. E in quel momento vide che la Pinky, lei e i suoi due alani che l'accompagnavano sempre, era sparita, e sulla spiaggia non c'era nessuno. Debussy attraversò la spiaggia con una bottiglia di champagne che aveva portato con sé. Arrivato sul bagnasciuga scavò una piccola buca nella sabbia e vi infilò la bottiglia perché restasse in fresco, poi entrò in mare e nuotò.

Sentì subito il benefico influsso dell'acqua. Amava il mare più di ogni cosa e avrebbe voluto dedicargli una musica. Il sole era allo zenit e la superficie dell'acqua sfavillava. Debussy rientrò calmamente, con ampie bracciate. Quando arrivò sulla spiaggia dissotterrò la bottiglia di champagne e ne bevve circa la metà. Gli parve che il tempo si fosse fermato e pensò che la musica doveva fare questo: fermare il tempo.

Si avviò verso il capanno e si spogliò. Mentre si spogliava sentì dei rumori nella macchia e si affacciò. Fra i cespugli, a pochi metri davanti a sé, vide un fauno che corteggiava due ninfe. Una ninfa accarezzava le spalle del fauno, mentre l'altra, con grande languore, faceva dei movimenti di danza.

Debussy provò una grande spossatezza e cominciò a carezzarsi piano piano. Poi avanzò nella macchia. Quando lo videro arrivare, i tre esseri gli sorrisero e il fauno cominciò a suonare uno zufolo. Era proprio la musica che Debussy avrebbe voluto comporre, e mentalmente la registrò. Poi si sedette sugli aghi dei pini, con il sesso eretto. Allora il fauno si prese una ninfa e si allacciò con lei. E l'altra ninfa andò vicino a Debussy con un agile passo di danza e lo accarezzò sul ventre. Era il pomeriggio, e il tempo era immobile.

Sogno di Henri de Toulouse-Lautrec,
pittore e uomo infelice

Una notte di marzo del 1890, in un bordello di Parigi, dopo aver dipinto il manifesto per una ballerina che amava non corrisposto, Henri de Toulouse-Lautrec, pittore e uomo infelice, fece un sogno. Sognò che era nelle campagne della sua Albi, e che era d'estate. Lui si trovava sotto un ciliegio carico di ciliegie e avrebbe voluto coglierne qualcuna, ma le sue gambette corte e deformi non gli permettevano di raggiungere il primo ramo carico di frutti. Allora si alzò sulla punta dei piedi e, come se fosse la cosa più naturale del mondo, le sue gambe cominciarono ad allungarsi fino a che non raggiunsero una lunghezza normale. Dopo che ebbe colto le ciliegie le sue gambe cominciarono di nuovo ad accorciarsi e Henri de Toulouse-Lautrec si ritrovò alla sua altezza di nanerottolo.

Toh, esclamò, dunque posso crescere a mio piacimento. E si sentì felice. Cominciò ad attraversare un campo di grano. Le spighe lo sovrastavano e la sua testa apriva un solco fra le messi. Gli pareva di essere in una strana foresta dove andava avanti alla cieca. In fondo al campo c'era un ruscello. Henri de Toulouse-Lautrec vi si specchiò e vide un brutto nano dalle gambe deformi vestito con dei pantaloni a quadri e con un cappello in testa. Allora si alzò sulla punta dei piedi e le sue gambe si allungarono gentilmente, egli diventò un uomo normale e l'acqua gli restituì l'immagine di un bel giovane elegante. Henri de Toulouse-Lautrec si accorciò di nuovo, si spogliò e si immerse nel ruscello per rinfrescarsi. Quando ebbe fatto il bagno si asciugò al sole, si rivestì e si mise in cammino. Stava calando la sera, e in fondo alla pianura vide una corona di luci. Vi si diresse caracollando sulle sue gambette corte e quando vi arrivò si accorse di essere a Parigi. Era l'edificio del Moulin Rouge, con le pale del mulino illuminate che giravano sul tetto. Una grande folla premeva all'ingresso, e vicino alla biglietteria un grande manifesto dai colori sgargianti annunciava lo spettacolo della serata, un can-can. Il manifesto riproduceva una ballerina che tenendo sollevate le gonne danzava sul proscenio, proprio di fronte alle lampade a gas. Henri de Toulouse-Lautrec si compiacque, perché quel manifesto lo aveva dipinto lui. Poi evitò di mescolarsi alla folla e entrò dall'entrata secondaria, percorse un piccolo budello male illuminato e arrivò fra le quinte. Lo spettacolo era appena cominciato. La musica era fragorosa e Jane Avril, sul palco, ballava come indiavolata. Henri de Toulouse-Lautrec sentì un feroce desiderio di entrare sul palco anche lui e di prendere per mano Jane Avril per ballare con lei. Si alzò sulla punta dei piedi e le sue gambe si allungarono subito.

Allora si buttò con foga nella danza, il suo cappello a cilindro rotolò da una parte e lui si lasciò prendere nel vortice del can-can. Jane Avril non sembrava affatto meravigliata che lui fosse diventato di statura normale, ballava e cantava e lo abbracciava, e era felice. Allora il sipario calò, il palco sparì e Henri de Toulouse-Lautrec si ritrovò con la sua Jane Avril nelle campagne di Albi. Ora era di nuovo il meriggio e le cicale frinivano come impazzite. Jane Avril, esausta dal caldo e dalla danza, si lasciò cadere sotto una quercia e si tirò su le gonne fino al ginocchio. Poi gli tese le braccia e Henri de Toulouse-Lautrec vi si lasciò cadere con voluttà. Jane Avril lo strinse al seno e lo cullò come si culla un bambino. A me piacevi anche con le gambe corte, gli sussurrò in un orecchio, ma ora che le tue gambe sono cresciute mi piaci ancora di più. Henri de Toulouse-Lautrec sorrise e l'abbracciò a sua volta, e stringendo il cuscino si girò dall'altra parte e continuò a sognare.

Sogno di Fernando Pessoa, poeta e fingitore

La notte del sette marzo del 1914, Fernando Pessoa, poeta e fingitore, sognò di svegliarsi. Prese il caffè nella sua piccola stanza d'affitto, si fece la barba e si vestì in modo elegante. Indossò il suo impermeabile, perché fuori pioveva. Quando uscì mancavano venti minuti alle otto, e alle otto in punto era alla stazione centrale, sul marciapiede del treno diretto a Santarém. Il treno partì con la massima puntualità, alle 8.05. Fernando Pessoa prese posto in un compartimento nel quale era seduta una signora dall'apparente età di cinquant'anni, che stava leggendo. Essa era sua madre ma non era sua madre, ed era immersa nella lettura. Anche Fernando Pessoa si mise a leggere. Quel giorno doveva leggere due lettere che gli erano arrivate dal Sud Africa e che gli parlavano di un'infanzia lontana.

Fui come erba e non mi strapparono, disse a un certo punto la signora dall'apparente età di cinquant'anni. La frase piacque a Fernando Pessoa, che l'appuntò su un taccuino. Intanto, davanti a loro, passava il piatto paesaggio del Ribatejo, con risaie e praterie.

Quando arrivarono a Santarém, Fernando Pessoa prese una carrozza. Lei sa dove è una casa sola imbiancata a calce?, chiese al vetturino. Il vetturino era un ometto grassoccio, col naso reso rubicondo dall'alcol. Certo, disse, è la casa del signor Caeiro, io la conosco bene. E frustò il cavallo. Il cavallo cominciò a trotterellare sulla strada maestra fiancheggiata da palmizi. Nei campi si vedevano capanne di paglia con qualche negro sulla porta.

Ma dove siamo?, chiese Pessoa al vetturino, dove mi porta?

Siamo in Sud Africa, rispose il vetturino, e la sto portando a casa del signor Caeiro.

Pessoa si sentì rassicurato e si appoggiò allo schienale del sedile. Ah, dunque era in Sud Africa, era proprio quello che voleva. Incrociò le gambe con soddisfazione e vide le sue caviglie nude, dentro due pantaloni alla marinara. Capì che era un bambino e questo lo rallegrò molto. Era bello essere un bambino che viaggiava per il Sud Africa. Tirò fuori un pacchetto di sigarette e se ne accese una con voluttà. Ne offrì una anche al vetturino che accettò avidamente.

Stava calando il crepuscolo quando arrivarono in vista di una casa bianca che stava su un colle punteggiato di cipressi. Era una tipica casa ribatejana, lunga e bassa, con le tegole rosse spioventi. La carrozza imboccò il viale di cipressi, il ghiaino scricchiolò sotto le ruote, un cane abbaiò nella campagna.

Sulla porta di casa c'era una vecchietta con gli occhiali e una cuffia candida. Pessoa capì subito che si trattava della prozia di Alberto Caeiro, e alzandosi sulla punta dei piedi la baciò sulle guance.

Non mi faccia troppo stancare il mio Alberto, disse la vecchietta, è di salute così cagionevole.

Si fece di lato e Pessoa entrò in casa. Era una stanza ampia, arredata con semplicità. C'era un caminetto, una piccola libreria, una credenza piena di piatti, un sofà e due poltrone. Alberto Caeiro stava seduto su una poltrona e teneva il capo reclinato all'indietro. Era l'Headmaster Nicholas, il suo professore della High School.

Non sapevo che Caeiro fosse lei, disse Fernando Pessoa, e fece un piccolo inchino. Alberto Caeiro gli indirizzò un cenno stanco di venire avanti. Venga avanti caro Pessoa, disse, l'ho convocata qui perché volevo che lei sapesse la verità.

Intanto la prozia arrivò con un vassoio sul quale c'erano tè e pasticcini. Caeiro e Pessoa si servirono e presero le tazze. Pessoa si ricordò di non alzare il mignolo, perché non era elegante. Si accomodò il bavero del suo vestito alla marinara e si accese una sigaretta. Lei è il mio maestro, disse.

Caeiro sospirò, e poi sorrise. È una storia lunga, disse, ma è inutile che gliela spieghi per filo e per segno, lei è intelligente e capirà anche se salterò dei passaggi. Sappia solo questo, che io sono lei.

Si spieghi meglio, disse Pessoa.

Sono la parte più profonda di lei, disse Caeiro, la sua parte oscura. Per questo sono il suo maestro.

Un campanile, nel villaggio vicino, suonò le ore.

66

E io cosa devo fare?, chiese Pessoa.

Lei deve seguire la mia voce, disse Caeiro, mi ascolterà nella veglia e nel sonno, a volte la disturberò, certe altre non vorrà udirmi. Ma dovrà ascoltarmi, dovrà avere il coraggio di ascoltare questa voce, se vuole essere un grande poeta.

Lo farò, disse Pessoa, lo prometto.

Si alzò e si accomiatò. La carrozza lo aspettava alla porta. Ora era diventato di nuovo adulto e gli erano cresciuti i baffi. Dove la devo portare?, chiese il vetturino. Mi porti verso la fine del sogno, disse Pessoa, oggi è il giorno trionfale della mia vita.

Era l'otto di marzo, e dalla finestra di Pessoa filtrava un timido sole.

Sogno di Vladímir Majakovskij, poeta e rivoluzionario

Il tre di aprile del 1930, l'ultimo mese della sua vita, Vladímir Majakovskij, poeta e rivoluzionario, fece lo stesso sogno che ormai da un anno sognava tutte le notti.

Sognò di trovarsi sulla metropolitana di Mosca, su un treno che correva a folle velocità. Lui era affascinato dalla velocità, perché amava il futuro e le macchine, ma ora sentiva una grande ansia di scendere e rigirava con insistenza un oggetto che teneva in tasca. Per colmare la sua ansia pensò di sedersi e scelse un sedile vicino a una vecchietta vestita di nero che portava la borsa della spesa. Quando Majakovskij si sedette al suo fianco la vecchietta sobbalzò spaventata.

Sono così brutto?, pensò Majakovskij, e sorrise alla vecchietta. E intanto le disse: non abbia paura, sono solo una nuvola e non chiedo altro che scendere da questo treno.

Finalmente il treno si fermò a una stazione qualsiasi e Majakovskij scese senza farci caso. Entrò nella prima toilette che trovò e tirò fuori l'oggetto che aveva in tasca. Era un pezzo di sapone giallo, come quello che usano le lavandaie. Aprì il rubinetto e cominciò a strusciarsi accuratamente le mani, ma lo sporco che sentiva di avere sulle palme non se ne andava. Allora si infilò nuovamente il sapone in tasca e uscì nella galleria. La stazione era deserta. In fondo, sotto un grande manifesto, c'erano tre uomini che come lo videro gli andarono incontro. Portavano degli impermeabili neri e dei cappelli di feltro.

Polizia politica, dissero i tre uomini all'unisono, perquisizione di sicurezza.

Majakovskij alzò le braccia e si lasciò perquisire.

E questo cos'è?, chiese uno degli uomini con aria sprezzante, brandendo il pezzo di sapone.

Non lo so, disse Majakovskij con fierezza, io non so niente di queste cose, io sono solo una nuvola.

Questo è sapone, sussurrò con perfidia l'uomo che lo interrogava, e tu certamente ti lavi le mani spesso, il sapone è ancora bagnato.

Majakovskij non rispose nulla e si asciugò la fronte bagnata dal sudore.

Vieni con noi, disse l'uomo, e lo prese a braccetto mentre gli altri due li seguivano.

Salirono una scalinata e sbucarono in una grande stazione all'aperto. Sotto la stazione c'era un tribunale, con dei giudici vestiti da militari e un pubblico di bambini vestiti da orfanelli.

I tre uomini lo condussero fino al banco degli imputati e consegnarono il sapone a uno dei giudici. Il giudice prese un megafono e disse: i nostri servizi di sicurezza hanno sorpreso un reo in flagrante delitto, portava ancora in tasca l'oggetto della sua losca attività.

Il pubblico degli orfanelli emise un coro di disapprovazione.

Il reo è condannato alla locomotiva, disse il giudice battendo sul banco col suo martello di legno.

Due guardie avanzarono, spogliarono Majakovskij e lo vestirono con un'enorme blusa gialla. Poi lo condussero verso una locomotiva sbuffante guidata da un fuochista seminudo dall'aria ferina. Sulla locomotiva c'era un boia col cappuccio da boia che teneva in mano uno scudiscio.

Ora vedremo cosa sai fare, disse il boia, e la locomotiva partì.

Majakovskij guardò fuori e si accorse che stavano attraversando la grande Russia. Immense campagne e pianure dove giacevano per terra uomini e donne macilenti con i ceppi ai polsi.

Questa gente aspetta i tuoi versi, disse il boia, canta, poeta. E lo frustò.

E Majakovskij cominciò a recitare i suoi versi peggiori. Erano versi stentorei di celebrazione e di retorica. E mentre li recitava la gente alzava i pugni e lo malediceva e malediceva sua madre.

Allora Vladímir Majakovskij si svegliò e andò in bagno a lavarsi le mani.

Sogno di Federico García Lorca,
poeta e antifascista

Una notte di agosto del 1936, nella sua casa di Granadà, Federico García Lorca, poeta e antifascista, fece un sogno. Sognò che si trovava sul palco del suo teatrino ambulante e che, accompagnandosi al pianoforte, cantava canzoni gitane. Era vestito in frac, ma sulla testa portava un *mazantini* a larghe falde. Il pubblico era composto di vecchie vestite di nero, con una mantiglia sulle spalle, che lo ascoltavano rapite. Una voce, dalla sala, gli chiese una canzone, e Federico García Lorca si mise ad eseguirla. Era una canzone che parlava di duelli e di aranceti, di passioni e di morte. Quando ebbe finito di cantare Federico García Lorca si alzò in piedi e salutò il suo pubblico. Il sipario calò e solo allora lui si accorse che dietro al pianoforte non c'erano quinte, ma che il teatro si apriva su una campagna deserta. Era di notte, e c'era la luna. Federico García Lorca guardò fra le tende del sipario e vide che il teatro si era svuotato come per incanto, la sala era completamente deserta e le luci si stavano abbassando. In quel momento sentì un guaito e dietro di sé scorse un piccolo cane nero che sembrava lo stesse aspettando. Federico García Lorca sentì che doveva seguirlo e mosse un passo. Il cane, come a un segnale convenuto, cominciò a trotterellare piano piano aprendo il cammino. Dove mi porti, piccolo cane nero?, chiese Federico García Lorca. Il cane guaì dolorosamente e Federico García Lorca sentì un brivido. Si girò e guardò indietro, e vide che le pareti di tela e di legno del suo teatro erano scomparse. Restava una platea deserta sotto la luna mentre il pianoforte, come se dita invisibili lo sfiorassero, continuava a suonare da solo una vecchia melodia. La campagna era tagliata da un muro: un lungo e inutile muro bianco oltre il quale si vedeva altra campagna. Il cane si fermò e guaì nuovamente, e anche Federico García Lorca si fermò. Allora da dietro il muro sbucarono dei soldati che lo circondarono ridendo. Erano vestiti di bruno e avevano tricorni sulla testa. In una mano tenevano il fucile e nell'altra una bottiglia di vino. Il loro capo era un nano mostruoso, con una testa piena di bitorzoli. Tu sei un traditore, disse il nano, e noi siamo i tuoi carnefici. Federico García Lorca gli sputò in faccia mentre i soldati lo tenevano fermo. Il nano rise in modo osceno e gridò ai soldati che gli togliessero i pantaloni. Tu sei una femmina, disse, e le femmine non devono portare i pantaloni, devono stare rinchiuse nelle stanze di casa e coprirsi il capo con la mantiglia. A un cenno del nano i soldati lo legarono, gli tolsero i pantaloni e gli coprirono il capo con uno scialle. Schifosa femmina che ti vesti da uomo, disse il nano, è giunta l'ora che tu preghi la Santa Vergine.

Federico García Lorca gli sputò in faccia e il nano si asciugò ridendo. Poi trasse di tasca la pistola e gli introdusse la canna nella bocca. Per la campagna si sentiva la melodia del piano. Il cane guaì. Federico García Lorca sentì un colpo e sobbalzò nel letto. Stavano picchiando alla porta della sua casa di Granada con il calcio dei fucili.

Sogno del dottor Sigmund Freud, interprete dei sogni altrui

La notte del ventidue di settembre del 1939, il giorno prima di morire, il dottor Sigmund Freud, interprete dei sogni altrui, fece un sogno.

Sognò che era diventato Dora e che stava attraversando Vienna bombardata. La città era distrutta, e dalle rovine dei palazzi si alzavano polvere e fumo.

Come è possibile che questa città sia stata distrutta?, si chiedeva il dottor Freud, e cercava di tenere fermo il seno che era posticcio. Ma in quel momento lo incrociò, sulla Rathausstrasse, Frau Marta, che veniva avanti con la « Neue Frei Presse » stesa davanti a sé.

Oh, cara Dora, disse Frau Marta, ho letto proprio ora che il dottor Freud è tornato a Vienna da Parigi e abita proprio qui, al numero sette della Rathausstrasse, forse le farebbe bene farsi visitare da lui. E così dicendo scostò col piede il cadavere di un soldato.

Il dottor Freud sentì una grande vergogna, e si abbassò la veletta. Non capisco perché, disse timidamente.

Perché lei ha tanti problemi, cara Dora, disse Frau Marta, lei ha tanti problemi come tutti noi, ha bisogno di confidarsi, e, mi creda, niente di meglio del dottor Freud per le confidenze, lui capisce tutto delle donne, a volte sembra addirittura una donna, da quanto si immedesima nel loro ruolo.

Il dottor Freud si accomiatò con gentilezza ma con rapidità e riprese la sua strada. Poco più avanti incrociò il garzone del macellaio, che lo guardò con insistenza e gli fece un apprezzamento pesante. Il dottor Freud si fermò, perché avrebbe voluto fare a pugni con lui, ma il garzone del macellaio gli guardò le gambe e gli disse: Dora, tu avresti bisogno di un uomo autentico, invece di essere innamorata delle tue fantasie.

Il dottor Freud si fermò irritato. E tu come lo sai?, gli chiese.

Lo sa tutta Vienna, disse il garzone del macellaio, tu hai troppe fantasie sessuali, lo ha scoperto il dottor Freud.

Il dottor Freud alzò i pugni. Questo era davvero troppo. Lui, il dottor Freud, che aveva fantasie sessuali. Erano gli altri che avevano quelle fantasie, coloro che andavano a fargli le loro confidenze. Lui era un uomo integerrimo, e quel tipo di fantasie era un problema di bambini o di disturbati.

Non fare la stupida, rise il garzone del macellaio, e gli dette un buffetto.

Il dottor Freud si ringalluzzì. Dopo tutto era bello essere trattato con familiarità da un virile garzone di macellaio, e dopo tutto lui era Dora, che aveva problemi turpi.

Andò avanti per la Rathausstrasse e arrivò davanti

a casa sua. La sua casa, la sua bella casa, non esisteva più, era stata distrutta da un obice. Ma nel giardinetto, che sopravviveva intatto, c'era il suo divano. E sul divano c'era steso uno zotico con gli zoccoli e la camicia di fuori, che russava.

Il dottor Freud gli si avvicinò e lo svegliò. Cosa ci fai qui?, gli chiese.

Lo zotico lo fissò con occhi sgranati. Cerco il dottor Freud, disse.

Il dottor Freud sono io, disse il dottor Freud.

Non mi faccia ridere, signora, rispose lo zotico.

Ebbene, disse il dottor Freud, le confesserò una cosa, oggi ho deciso di assumere le sembianze di una mia paziente, è per questo che sono vestito così, sono Dora.

Dora, disse lo zotico, ma io ti amo. E così dicendo lo abbracciò. Il dottor Freud sentì un grande smarrimento e si lasciò cadere sul divano. E in quel momento si svegliò. Era la sua ultima notte, ma lui non lo sapeva.

Coloro che sognano in questo libro

DEDALO   Architetto e primo aviatore, è forse un nostro sogno.

PUBLIO OVIDIO NASONE   Nacque a Sulmona nel 42 a.C. Crebbe a Roma, dove studiò retorica e dove ricoperse varie cariche pubbliche. Fu un grande poeta, dotato di una squisita cultura ellenistica, e nelle *Metamorfosi* cantò l'apoteosi di Augusto descrivendone la trasformazione in astro. Ma la sua carriera, forse a causa di uno scandalo di corte nel quale era implicato, fu interrotta da un decreto imperiale che lo relegò a Tomi, sul Mar Nero. E a Tomi Ovidio morì, in solitudine, nel 18 d.C., nonostante le suppliche inviate ad Augusto e al suo successore Tiberio.

LUCIO APULEIO   125-180 d.C. Nato a Madaura, nel Nord-Africa, studiò retorica a Cartagine, a Roma e ad Atene, e si iniziò ai culti misterici. Sposatosi con la vedova Prudentilla, fu accusato dai parenti di lei di averla spinta al matrimonio con arti diaboliche per impadronirsi della sua dote. I suoi libri ci rivelano un uomo misterioso, misticheggiante, incline all'esoterismo. Il suo libro più noto, *L'asino d'oro*, è una sorta di biografia iniziatica che narra le peripezie del giovane Lucio, trasformato in asino per magia, che alla fine riconquista sembianze umane.

CECCO ANGIOLIERI   Siena, 1260-1310. Fu un toscano iracondo e bestemmiatore. Subì multe e processi, sperperò l'eredità paterna, morì miseramente. Mentre la poesia del suo tempo celebrava la donna angelicata, egli tessé le lodi della rozza figlia di un conciatore. Coltivò il vituperio e l'improperio, cantò il gioco, il vino, il denaro, l'odio per il suo genitore e la maledizione del mondo.

FRANÇOIS VILLON   Nacque nel 1431 ed è incerta la data della sua morte. Si chiamava François de Montcorbier, e assunse il nome del tutore che gli aveva fatto da padre. Fu uomo dalla vita disordinata e turbolenta, uccise un sacerdote in una rissa, partecipò a furti e a rapine, ebbe una condanna a morte che poi fu trasformata in esilio. Nelle sue ballate celebrò il gergo dei malavitosi che frequentava; e con *Le Testament* cantò l'amore e la morte, l'odio, la povertà, la fame, la malavita e il pentimento.

FRANÇOIS RABELAIS   1494-1553. Fu frate domenicano, gettò la tonaca alle ortiche e divenne un famoso medico dell'ospedale di Lione. Ma non abbandonò mai le abitudini della vita monastica. Era un colto latinista e fu inviso alle autorità del suo tempo per le sue idee progressiste. Forse per sublimare i digiuni che gli imponevano le sue regole monastiche scrisse un libro che restò famoso, inventando due giganti, Gargantua e Pantagruele, che sono i più grandi mangiatori e gaudenti di tutta la letteratura occidentale.

MICHELANGELO MERISI DETTO IL CARAVAGGIO Caravaggio, 1573 - Porto Ercole, 1610. Dal suo paese natale si recò a Roma, dove visse in trista miseria finché non fu accolto dal Cavaliere d'Arpino che gli affidò i primi lavori. Dopo essersi misurato con le nature morte, cominciò a dipingere le sue grandi tele drammatiche e religiose, col suo inimitabile chiaroscuro. La *Vocazione di San Matteo* è forse il suo capolavoro. Fu uomo di liti e di coltello. Commesso un omicidio in una rissa fuggì a Napoli, poi a Malta, dove fu imprigionato e dove riuscì ad evadere. Inseguito da sicari, sfregiato nel volto, approdò a Porto Ercole, dove morì di febbri.

FRANCISCO GOYA Y LUCIENTES Saragozza, 1746 - Bordeaux, 1828. Nacque povero e morì povero. Studiò la pittura a Madrid, viaggiò in Italia visitando Roma e Venezia. Alla corte di Spagna conobbe favori e disgrazie, successi galanti e cocenti amarezze. Lo protesse la duchessa d'Alba, che egli immortalò nei suoi dipinti. Lo visitò una sporadica follia. I suoi *Caprichos*, disegnati nel 1799, gli costarono un processo davanti all'Inquisizione. Ritrasse le visioni terrifiche, i disastri della guerra e le sciagure degli uomini.

SAMUEL TAYLOR COLERIDGE 1772-1834. Studiò a Cambridge, ma non giunse a laurearsi. Per una delusione d'amore si arruolò in un reggimento di cavalleria sotto il falso nome di Silas Tomkyn Comberbacke e fu riscattato dai soldi del fratello. Fu uomo percorso dall'anelito dell'utopia: fu unitariano in religione e fondatore della « pantisocrazia », un progetto comunistico che ambiva a riscattare gli uomini dall'ineguaglianza. Con l'oppio, che lo aveva attratto, conobbe i paradisi artificiali, ma al contrario del suo amico De Quincey non si vantò mai del suo vizio e lo visse in solitudine. Visionario, sognatore e metafisico, ci ha lasciato, fra le altre cose, un potente delirio in forma di ballata, *The Rime of the Ancient Mariner*.

GIACOMO LEOPARDI Recanati, 1798 - Napoli, 1837. Nacque da nobile famiglia, studiò voracemente nella biblioteca paterna le scienze, la filosofia e le lingue classiche, crebbe infelice nel corpo e nello spirito. Ebbe in uggia la prigione provinciale nella quale era cresciuto, odiò la grettezza e la meschinità, amò l'arte, la scienza, il pensiero illuminato, la passione civile. Fu insigne filologo, amaro filosofo e altissimo poeta. Cantò l'amore, il tempo che fugge, l'infelicità degli uomini, l'infinito e la luna.

CARLO COLLODI Si chiamava Carlo Lorenzini, nacque a Collodi, in Toscana, nel 1826 e morì a Firenze nel 1890. Fu uomo di ferventi idee mazziniane, partecipò alle campagne militari del Risorgimento, amò la libertà e l'indipendenza e invece ebbe a lavorare come censore teatrale presso il governo toscano dal 1859 in avanti. Era un uomo burbero, solitario, che amava gli eccessi del cibo e del vino. Fu perseguitato dai reumatismi, dalle manie e dall'insonnia. Dette vita immortale a un burattino di legno.

ROBERT LOUIS STEVENSON Nacque a Edimburgo nel 1850. Di salute precaria, la sua giovinezza fu contrassegnata da lunghe malattie e interminabili convalescenze. Soffriva di polmoni e morì di tisi. Viaggiò in Europa, negli Stati Uniti e nel Pacifico. *L'Isola del tesoro* è il suo libro più celebre. Per morire scelse un'isola remota, Upolu, nelle isole Samoa. Fu sepolto sulla vetta della montagna. Aveva quarantaquattro anni.

ARTHUR RIMBAUD   Charleville, 1845 - Marsiglia, 1891. Nato in una famiglia oppressiva, bigotta e conservatrice, a sedici anni fuggì a Parigi per partecipare alla Comune e iniziò la sua vita inquieta e sregolata, fatta di vagabondaggi e di avventure. Come una meteora attraversò la poesia francese, lasciando versi visionari e di misterioso lirismo. Amò il poeta Paul Verlaine che in un litigio lo ferì a revolverate. Conobbe l'infamia e l'ospedale. Vagò per l'Europa in compagnia di un circo. Abbandonata la poesia fu in Abissinia come contrabbandiere. Rientrò in Francia per un tumore a un ginocchio, subì l'amputazione di una gamba e morì nell'ospedale di Marsiglia.

ANTON PAVLOVIČ ČECHOV   1860-1904. Scrittore e drammaturgo russo. Fu medico, ma esercitò la professione solo durante carestie ed epidemie. Era malato di tisi. Nel 1890 attraversò la Siberia per raggiungere la remota isola di Sachalin, sede di una colonia penale, e scrisse un libro sulle terribili condizioni dei forzati. Amò un'attrice di teatro. Scrisse novelle, drammi e commedie. Parlò della quotidianità, della gente comune, dei poveri, dei bambini, delle piccole grandi cose della vita.

CLAUDE - ACHILLE DEBUSSY   Saint-Germain-en-Laye, 1862 - Parigi, 1918. Studiò con i maestri Marmontel e

Guiraud, ebbe il Prix de Rome soggiornando per tre anni a Villa Medici, dapprincipio si entusiasmò per la musica di Wagner e poi perse il suo entusiasmo. Scoprì la musica orientale, che lo influenzò, alla Esposizione Universale di Parigi. Amò i simbolisti, gli impressionisti, i decadenti. Condusse vita elegante e appartata, solo dedito alla musica e all'arte.

HENRI DE TOULOUSE-LAUTREC Albi, 1864 - Malromé, 1901. Di antica e nobile famiglia francese fu pittore, disegnatore e litografo. Deforme nel corpo, condusse a Parigi un'esistenza inquieta, infelice e sregolata, frequentando i tabarins, i music-halls e le case di tolleranza. Odiò le scuole e le accademie. Dipinse i clowns, gli attori, le ballerine, gli ubriaconi, le prostitute, il vizio, la miseria, la solitudine.

FERNANDO PESSOA Lisbona, 1888-1935. Restò orfano di padre da piccolo, fu educato in Africa del Sud, dove il suo patrigno era console del Portogallo, ebbe sempre la consapevolezza di essere un genio e il timore di diventare pazzo come lo era diventata la nonna paterna. Sapeva di essere plurale, e accettò questo fatto nella scrittura e nella vita, dando voce a molti poeti diversi, i suoi eteronimi, il maestro dei quali era Alberto Caeiro, un uomo di salute cagionevole che viveva con una vecchia prozia in una casa di campagna del Ribatejo. Trascorse la sua esistenza come impiegato in ditte di import-export, traducendo lettere commerciali. Visse perlopiù in modeste camere d'affitto. Nella sua vita ebbe un solo amore, breve e intenso, con Ophélia Queiroz, impiegata come dattilografa in una delle ditte in cui lavorava. Il « giorno trionfale » della sua vita fu l'otto di marzo del 1914, quando i poeti che lo abitavano cominciarono a scrivere per sua mano.

VLADÍMIR MAJAKOVSKIJ Nato in un villaggio della Georgia nel 1893, studiò pittura, architettura e scultura. Giovanissimo entrò nel partito clandestino bolscevico e conobbe il carcere. Conquistato dalle idee della modernità, diventò presto il corifeo del Futurismo e intraprese una tournée in locomotiva attraverso la Russia vestito di una blusa arancione. Aderì entusiasticamente alla rivoluzione bolscevica e ricoperse importanti cariche nei quadri artistici rivoluzionari. Fu organizzatore, propagandista, disegnatore di manifesti e autore di versi furibondi ed eroici. Nel 1925 pubblicò un infelice poemetto celebrativo sulla figura di Lenin. Ma nel suo Paese i tempi si andavano facendo difficili per gli artisti d'avanguardia. Deluso e impaurito, fu colpito da una grave forma di nevrosi ossessiva. Si lavava continuamente le mani, e usciva di casa con una saponetta in tasca. La versione ufficiale sostiene che nel 1930 si suicidò con un colpo di pistola.

FEDERICO GARCÍA LORCA Nato in provincia di Granada nel 1898 studiò a Madrid e fu amico dei maggiori artisti della sua generazione. Fu poeta, ma anche musicista, pittore e drammaturgo. Nel 1932 il governo della Repubblica spagnola gli affidò l'incarico di creare un gruppo teatrale che portasse i classici a conoscenza del popolo. Nacque così « La Barraca », una sorta di Carro di Tespi con la quale Lorca girò per tutta la Spagna. Nel 1936 fondò l'associazione degli intellettuali antifascisti. Nel

Cante jondo e in quasi tutta la sua poesia celebrò le tradizioni dei gitani d'Andalusia, i loro canti e le loro passioni. Nel 1936 fu assassinato presso Granada dai gendarmi franchisti.

SIGMUND FREUD Freiberg, 1856 - Londra, 1939. Era un neurologo. Studiò dapprima l'isteria e l'ipnotismo di Charcot, poi interpretò i sogni degli uomini (*L'interpretazione dei sogni*, 1900), intendendo risalire da quelli all'infelicità che ci perseguita. Sostenne che l'uomo, dentro di sé, ha un grumo oscuro che egli chiamò Inconscio. I suoi *Casi clinici* possono essere letti come ingegnosi romanzi. Es, Io e Super-Io sono la sua Trinità. E, forse, ancora la nostra.

Indice

Questo volume è stato stampato
su carta Palatina
delle Cartiere Miliani di Fabriano
nel mese di marzo 1999
Stampa: Tipografia Priulla s.r.l., Palermo
Legatura: LE.I.MA. s.r.l., Palermo

La memoria